AF497911

AIDE-MÉMOIRE DU SOLDAT

CHANSONS

DE

ROUTE

AVEC AIRS NOTÉS

PREMIÈRE SÉRIE

LA SENTINELLE. — LE DÉPART.
LE FANTASSIN.
— L'ARRIVÉE. — LA CHANSON DU SOLDAT. —
LE VIEUX PAYSAN LORRAIN.
LA MARCHE DU RÉGIMENT. — LE RETOUR.

ABBEVILLE

AUGUSTE ALEXANDRE, LIBRAIRE-ÉDITEUR
35, PLACE DU MARCHÉ, 35

PARIS	EN PROVINCE
25, Rue de Lille, 25	Chez les correspondants
AUX MESSAGERIES DE LA PRESSE	DES MESSAGERIES DE LA PRESSE

1876

CHANSONS DE ROUTE

LA SENTINELLE.

I

Laboureur ! garde au loin la plaine,
Où le pillard pourrait bien revenir :
Ton miel est doux, ta grange est pleine :
Il en a gardé joyeux souvenir.
Aux champs, une moisson plus belle
Fascine et tente ses yeux éblouis...
Laboureur ! veille en sentinelle !
Veille encore à la porte du Pays !

II

Forgeron ! veille à ton enclume,
Frappe le fer, trempe le dur acier.
Que leur libre noire s'allume
Et jette au loin les éclairs du brasier !

Forge vite une arme nouvelle
Aux braves, que la victoire a trahis...
Forgeron ! veille en sentinelle !
Veille encore à la porte du Pays !

III

Chasseur ! garde au loin la clairière,
D'où le fauve au matin voudrait surgir.
La faim allume sa colère ;
Le printemps vient : tu l'entendras rugir.
Ses crocs sont durs, sa dent cruelle
Pour les vieillards, les faibles, les petits...
Veille, chasseur, en sentinelle !
Veille encore à la porte du Pays !

IV

Vigneron ! veille sur ta vigne,
Dresse le cep et ses pampres fleuris.
Que la rouge liqueur soit digne
Des défenseurs que la France a choisis !
Qu'à leur cœur ta séve immortelle
Donne l'ardeur, l'élan des plus hardis...
Vigneron ! veille en sentinelle !
Veille encore à la porte du Pays !

V

Soldat ! garde au loin la frontière,
Que le Prussien menace de franchir.
Le fauve a faim dans sa tanière.
Et le pillard a soif de s'enrichir !

Son salut, à ton bras fidèle,
La France, brave soldat, l'a remis...
Veille, soldat, en sentinelle !
Veille encore à la porte du Pays !

LE DÉPART.

I

Ils vont deux à deux, en silence ;
Ils sont mornes les prisonniers :
Autour d'eux pesante s'avance
La file noire des geôliers.
Soldat ! bien triste est la défaite !
Plus triste encor son lendemain !
La mort vaut mieux que la retraite.
On meurt de honte et pas de faim.

II

Ils vont deux à deux, en silence,
L'œil abattu, le bras ballant ;
Et pour hâter leur nonchalance,
La crosse les pousse en avant.
— Entr'ouvre-toi, vieux sol de France,
Sous les pieds nus de tes enfants !
La mort sera la délivrance ! —
  « Vorwærts ! » — hurlent les Allemands !

III

Pourtant un franc fils de Gascogne,
Jadis hâbleur et sans souci :
« Mourir, c'est bon quand on se cogne ;
« Aller crever là-bas..... Merci ! »
Et, tirant du fond de sa poche
Un bout de cigare noirci,
Il l'offre au soudard le plus proche :
« Prussien ! déguste-moi ceci ! »

IV

En cheminant tout bas l'on cause ;
Bien longue est cette route-là !
Soldat français n'est pas morose,
L'Allemand répond toujours : — « ià ! »
— « Ce que tu me dis n'est pas drôle :
Ça ne peut pas durer comm'ça ;
Changeons notre fusil d'épaule :
Il faut se donner de l'air ! » — « ià ! »

V

On traversait la vieille Argonne ;
La route s'avançait sous bois.
« Entends-tu le canon qui tonne ?
« Prussien ! je reconnais sa voix :
« Un de moins!... » Et, comme un tonnerre,
D'un coup lui brisant le jarret,
Il l'envoie mordre la poussière,
S'élance au bois et disparaît.

VI

Les balles fouillent le feuillage,
Mais le soldat est déjà loin.
Et lui, qui se rit de leur rage,
Leur répète encor : « Un de moins! »
Trois mois après, en Picardie,
A chaque ennemi qu'il visait :
« Trop de pillards dans la Patrie!
« Un de moins! » — Le Prussien tombait!

LE FANTASSIN.

I

Le voyez-vous? la tête haute.
      Bon pied, bon œil,
Grimper au sommet de la côte,
      Comme un chevreuil.
Il a du souffle et l'âme ardente,
      Le jarret dur ;
Si sa poitrine est haletante,
      Son pied est sûr.

Leste et bien pris, petit de taille,
      Et l'œil malin,
Il n'est grand qu'un jour de bataille,
      Le fantassin !

II

Artilleur, cavalier, mon frère !
      Beaucoup de bruit,

Mais moins de besogne par terre,
        Bien moins que lui.
Bien plus vite que la monture,
        Sa balle va ;
Ton obus n'a pas la morsure
        De celle-là !

    Leste et bien pris, etc.

III

Quand le tambour dans son village
        Vint l'appeler,
Il lui fallut tout son courage
        Pour s'en aller !
Mais il entendait la Patrie,
        Depuis longtemps,
Qui réclamait, pauvre envahie,
        Tous ses enfants !

    Leste et bien pris, etc.

IV

Quand tout près la première balle
        Vint à siffler,
On le vit chanceler, et pâle
        La saluer.
Mais il est Français : Bonne race
        Ne peut mentir.
La peur ?... un cauchemar, qui passe
        Sans revenir !

    Leste et bien pris, etc.

V

Conscrit, n'ayant que son courage
          Pour tout talent,
Il va toujours, frappant de rage,
          Droit en avant!
Ce n'est plus de peur qu'il est blème:
          Ne visant pas,
Il va toujours, tirant quand même,
          Et dans le tas!

          Leste et bien pris, etc.

VI

Il en a vu de ces journées
          Sans feu, ni pain,
Qui semblaient de nos destinées
          Marquer la fin.
Il en a gardé souvenance
          Et dans son cœur,
Plus grand dévouement pour la France
          Et son honneur!

          Leste et bien pris, etc.

VII

Il a gardé de ces épreuves
          Désir ardent
D'être fort, de faire ses preuves
          En défendant
Le sol sacré de la Patrie,

— 14 —

Et sans broncher,
S'il faut un jour même sa vie.
De la donner!

Leste et bien pris, etc.

VIII

Aujourd'hui, sans peur qu'on médise
De ses plaisirs,
Il est galant pour la payse.
En ses loisirs,
Mais la véritable maîtresse
Qu'aime son cœur,
Ah! c'est la gloire qui caresse
Un front vainqueur!

Leste et bien pris, etc.

IX

C'est bien là ton fils, belle France!
Comme autrefois,
Fait de gaieté, fait de vaillance,
En vrai Gaulois!
Va! fantassin, comme tes pères,
Brave comme eux!....
Arquebusiers et mousquetaires
Sont tes aïeux!

Leste et bien pris, etc.

X

Plus haut encor d'autres ancêtres,
Ces *gens de pied,*

Qui pratiquaient sous les grands maîtres
    Le dur métier.
C'est là que Bayard veut paraître,
    Et le premier !
Lui, par qui le roi voulait être
    Fait chevalier !

    Leste et bien pris, etc.

XI

Certain lansquenet sans histoire,
    Et né d'hier,
Prétend éblouir de sa gloire
    Tout l'univers.
Pour nous apprendre la vaillance
    Trop tard venu,
Il n'étale que l'arrogance
    D'un parvenu !

    Leste et bien pris, etc.

XII

Il est long, lourd, épais, énorme,
    Tout rond, tout gros !
Tudieu ! la singulière forme
    Pour un héros !
Nous n'avons pas à nous en plaindre,
    Ce fin profil,
La balle saura mieux l'atteindre !...
    Ainsi soit-il !

Leste et bien pris, petit de taille,
            Aux bords du Rhin,
Il grandira dans la bataille,
            Le fantassin!

L'ARRIVÉE.

— « Hurrah ! les prisonniers arrivent !
Hurrah ! grande fête à Berlin !
Hurrah ! c'est déjà trop qu'ils vivent !
Allons les voir mourir de faim ! » —

I

A travers la foule commence
Le lamentable défilé.
Pâle, muet, sombre, il avance,
Le vieux bataillon mutilé.
Sanglants débris de notre gloire,
Soldats d'Afrique et de l'Alma !...
— Il n'a donc lu que son histoire,
Tout ce peuple de savants-là ? —

    — « Hurrah ! etc. »

II

Pour mieux étaler leur misère,
On les promène à pas comptés.

Ainsi, le hideux belluaire
Menait des lions enchaînés.
L'épouvante les rend féroces :
« Puisque les voilà désarmés,
Qu'on les achève à coup de crosses,
Ces Français par Dieu condamnés ! »

— « Hurrah ! etc. »

III

Ce chemin semé de calvaires,
Témoin de tes longues douleurs,
Soldat ! souviens-toi que tes pères
Vingt fois l'ont refait en vainqueurs.
A l'approche de leur bannière,
Ces Prussiens fuyaient éperdus...
Ils étaient forts ! Et leur colère
Jamais n'insulta les vaincus.

En avant ! Leur grande voix te crie :
En avant ! Soldat ! que tout chemin,
En avant ! pour sauver la Patrie,
Que tout chemin mène à Berlin !

LA SENTINELLE

Andantino Sostenuto

LE DÉPART

LE FANTASSIN

L'ARRIVÉE

REFRAIN — Allegro Vivace

Hur | rah! les | pri son niers ar | rivent Hurrah | Hur
rah gian | de fête a l'hor | i'in hurrah hur | rah c'est | dé ja trop qu'ils
vivent allons les | voir allons les | voir mourir de | faim

ANDANTE
À travers la foule commen ce le lamen
ta ble de fi lé Pâle mu et sombre il a
vance ce, le vieux ba tail lon muti lé Sanglants de
bris de no tre glo ire dé bats d'Afrique et de l'Est
ma Il n'a donc lu que son his toi re tout ce
peu ple de savants la Hur

DERNIER REFRAIN

En a | vant En a | vant
En a vant En a vant

LA CHANSON DU SOLDAT

LA MARCHE DU RÉGIMENT

LE VIEUX PAYSAN LORRAIN

LE RETOUR

LA CHANSON DU SOLDAT.

I

En avant !
En avant !
En avant ! la France t'appelle !
Conscrit ! laboureur ou berger :
Tu grandis, enfant, sous son aile,
Homme, à toi de la protéger !
Elle t'a donné pour ancêtres
Les plus illustres des guerriers.
Français ! sois digne de tels maîtres
Les maîtres font les écoliers.

REFRAIN.

En toi elle a mis confiance,
Sois son soldat, toi, son enfant !
En avant ! et vive la France !
Vive la France ! en avant !

II

Le jour vient de percer à peine,
Déjà nous sommes en chemin :

Par le vallon et par la plaine,
Comme hier nous irons demain.
L'étape est longue, et la poussière
S'élève épaisse sous nos pas.
Son sac est lourd, mais en arrière
Le soldat ne restera pas !

En toi elle a mis, etc.

III

Le ciel est gris, la terre froide ;
Autour des feux clairs du bivouac,
Le cercle serré de l'escouade
S'étend la tête sur le sac.
Le sommeil fuit notre paupière
Sous l'aiguillon du vent glacé...
Tant mieux ! veillons pour notre mère,
La France, au glorieux passé !

En toi elle a mis, etc.

IV

Le tirailleur depuis l'aurore
Fouille les bois, les défilés :
Il a faim, mais il veut encore
Suivre les uhlans signalés.
La soif sèche sa lèvre blême.
Tirailleur !... le rude métier !
Mais on se trempe à ce baptême :
Au corps de fer l'âme est d'acier.

En toi elle a mis, etc.

V

Elle est sanglante l'escarmouche :
Elle durera tout le jour.
Tant qu'il lui reste une cartouche
Le soldat avance toujours.
Il reçoit plus d'une blessure,
Le sol se rougit de son sang :
Qu'importe ? la victoire est sûre !
Il va toujours en répétant :

    En toi elle a mis, etc.

VI

Français ! ce beau nom que tu portes
Fut celui des plus grands soldats !
Que leurs immortelles cohortes
De leurs fils ne rougissent pas !
A toi d'accroître l'héritage
D'un grand renom cher acheté,
Inspire-toi de leur courage,
Et chante comme ils ont chanté :

    En toi elle a mis, etc.

LE VIEUX PAYSAN LORRAIN.

I

Dans les bois, à travers la plaine,
Ils ont tiraillé tout le jour.
Ce jour de vengeance et de haine
Les paysans l'ont trouvé court.
A l'horizon l'on voit encore
Brûler les toits incendiés,
Et la nuit retentit sonore
Des clameurs des hameaux pillés!

II

Le Prussien emmène sa proie,
Les prisonniers et le butin,
Et bientôt sa brutale joie
S'enivre en un grossier festin.
— « Ça! par ici qu'on les amène,
Tous ces brigands de francs-tireurs!
Que faisiez-vous là, dans la plaine? » —
— « Nous sommes tous des laboureurs. » —

III

Alors un grand vieillard s'avance :
— « Ces pauvres gens vous disent vrai :
Ils n'ont rien fait qui vous offense.
Je réponds d'eux, je les connais !
Ils labouraient..... au lieu de prendre
Un fusil, la fourche ou la faux,
Pour vous guetter, et vous descendre
Vos cavaliers de leurs chevaux !

IV

« Ce n'est pas ainsi que la chose
Allait, il y a soixante ans.
Derrière chaque porte close
Veillait l'homme armé jusqu'aux dents.
Chaque buisson avait son hôte.
Sa vedette chaque clocher.
Vos pères ont gravi la côte...
Ce n'était pas sans trébucher.

V

« Voyez-vous là-bas ce village ?
En ce temps-là comme aujourd'hui
Vous vouliez forcer le passage :
Comme alors, il vous en a cui.
Pendant trente ans notre charrue
A roulé vos casques brisés ;
Ma vieillesse s'est souvenue
Pour un matin des temps passés.

VI

« Au point du jour, de leur Lourgade
Au bois je les ai fait venir.
Nous étions vingt; la fusillade
A dû tôt vous en prévenir.
Nous étions là!... Combien des vôtres
Sont tombés? J'en ai peu souci.
Nous étions vingt! De tous les nôtres
Il n'en reste qu'un... Le voici!

VII

« C'est le vieux pays de Lorraine!
Choisissez un autre chemin.
Il vous poursuivra de sa haine
Le fils du vieux pays lorrain.
La balle tue sans qu'on y pense :
On meurt du moins en bon Français.
Je suis Lorrain! Vive la France!
Obéir au Prussien?... Jamais! »

VIII

Le vieillard les regarde en face,
Ce regard les fait reculer.
— « Ces gens-là sont de forte race, » —
Dit le chef. — « Qu'on le laisse aller! »
Le lien coupé glisse à terre.
Un coup part!... Le vieillard tombait!
— C'est un Prussien, qui, par derrière,
Tremblant de peur, l'assassinait!

LA MARCHE DU RÉGIMENT.

—

I

Entendez-vous sa voix vibrante ?
La grande voix du régiment,
Du clairon la note éclatante,
Et du tambour le roulement ?
La foule accourt joyeuse et fière
Pour voir passer ses chers soldats ;
Quand sonne la marche guerrière
Les jeunes filles vont au pas.

REFRAIN.

Qui ne vient pas, qui ne veut suivre
Quand retentit le cri de ralliement ?
Quand par ses cent bouches de cuivre
A sonné la marche du régiment ?

II

Autour d'eux la vive étincelle
Voltige sur l'acier brillant ;

C'est la vivante citadelle,
Nouveau rempart à chaque rang.
Le bataillon serré s'avance,
Les chefs au milieu des soldats ;
Le bataillon frappe en cadence
Le sol, qui tremble sous ses pas.

Qui ne vient pas, etc.

III

Chacun dans sa mâle poitrine
Sent palpiter le même cœur.
Un même souci les domine,
La vieille France et sa grandeur.
Quand le canon a fait entendre
Sa grande voix à l'horizon,
Son rang, chacun vient le reprendre,
Tous répètent à l'unisson :

Qui ne vient pas, etc.

IV

Aux sombres jours de la défaite,
Quand, par les bois et par les prés,
Le vieux clairon haletant jette
Au loin ses accents éplorés ;
Héraut mandé par la Patrie,
Pour crier son nom jusqu'au bout,
C'est encor lui qui les rallie
Les fiers lutteurs, restés debout !

Qui ne vient pas, etc.

Le Retour.

———

I

Depuis trois mois je suis votre hôte.
Bons Prussiens, ne m'en voulez pas !
Vraiment ! Ce n'était pas ma faute,
Et par instants j'en étais las.
Votre ordinaire n'est pas riche,
Jaune le lard, et noir le pain ;
Mais quand on aime le pois chiche,
On a de quoi mourir de faim.

REFRAIN.

Il est enfin venu le jour de délivrance !
Bons ennemis, ne pleurez pas !
C'est malgré vous, je sais, que je retourne en France !
Nous causerons de vous là-bas !

II

En Prusse l'on fait maigre chère,
Là-bas en France, quels festins !

L'excellent moyen que la guerre
Pour se remplir les intestins !
On vous dit creux, voraces même,
D'un appétit tout animal...
Quand on a fait longtemps carême,
Ce n'est pas trop d'un carnaval.

Il est enfin, etc.

III

A voir votre mine bonasse,
On vous croirait d'assez bon cœur ;
Votre chevelure filasse
Est souvent un signe trompeur.
Vous n'aimez pas que l'on vous blague,
Esprit épais n'est point railleur,
Et puis, on comprend que la schlague
Ça doit vous assombrir l'humeur.

Il est enfin, etc

IV

Pendant que sous vos toits de neige
Nous grelottions nus et transis,
Vos bons soldats, — que Dieu protége ! —
Se vêtissaient de nos habits !
Vous leur envoyiez des chaussettes,
Qu'un bon voisin donnait pour nous.
Vous savez bien, gueux que vous êtes,
Qu'ils n'en portaient jamais chez vous !

Il est enfin, etc.

V

Tout Allemand est économe.
Et vos soldats l'ont bien montré :
Ils n'ont fait que ranger en somme
Ce qu'en route ils ont rencontré.
J'ai vu passer à la frontière
Nos tableaux, notre mobilier...
Votre science de la guerre
N'est donc que l'art de bien piller ?

Il est enfin, etc.

VI

Que d'autres parlent de la gloire :
Vous jugez que ça sonne creux ;
Ce qu'on trouve au fond d'une armoire
Ça pèse plus, ça se vend mieux.
La guerre, c'est votre commerce,
Marchands de lauriers d'occasion !
L'oreille jaune du juif perce
A travers la peau du lion.

Il est enfin, etc.

VII

J'ai vu d'antiques véhicules,
Pliant et grinçant sous le poids
De nos bahuts, de nos pendules,
Noble produit de vos exploits.
Vous pillez même la chaumière,

Car j'ai reconnu... grands vainqueurs !
Le vieux lit où mourut mon père.....
— A la potence les voleurs ! —

Il est enfin, etc.

VIII

Ce jour-là, j'ai senti ma chaîne
Peser encor plus lourdement,
Et puis une implacable haine
Pour tout ce qu'on nomme Allemand,
Si je l'oubliais, que je meure !
J'ai fait serment de me venger :
La pendule sonnera l'heure
De son retour chez l'horloger !

Il est enfin venu le jour de délivrance !
    Adieu ! Ou plutôt au revoir !
Mais si jamais, Prussiens, vous revenez en France,
    J'y serai pour vous recevoir !

NOTE.

Quelques indications pour la formation et la conduite des PELOTONS DE CHANTEURS dans les corps de troupe.

CARACTÈRES DE L'EXÉCUTION. — Les chansons doivent être chantées à *pleine voix*, le rhythme fortement accentué. L'énergie est le caractère à rechercher dans l'exécution.

Les couplets sont chantés à l'*unisson* par le peloton tout entier. Les refrains ont été mis à deux voix pour rompre la monotonie et développer l'oreille des exécutants : mais l'unisson reste le mode, qui, par sa simplicité et sa vigueur, se prête le mieux à l'expression des sentiments développés dans les *chansons*. D'autre part, c'est celui qui convient le mieux à des voix peu souples et sans expérience. On devra donc s'attacher à lui donner les qualités d'ensemble, de justesse et de vigueur brutale, qui en relèvent la simplicité.

On s'efforcera de même de développer le timbre vibrant propre à la voix humaine.

Par ces procédés d'étude, on fera disparaître la tendance des hommes de la campagne à donner à tout ce qu'ils chantent la teinte uniforme et traînante de la complainte.

La prononciation nette des paroles permettant seule d'en saisir le sens, et ce point étant essentiel, on s'attachera à obtenir une articulation distincte, en faisant répéter chaque couplet aussi souvent qu'il sera nécessaire.

CHOIX DES VOIX. — On prendra comme barytons les chanteurs qui donnent avec le plus de facilité les notes *ré, do, si, la*, au-dessous de la partie. (Clef de sol.)

Tous les autres seront rangés dans la catégorie des ténors.

Les deux voix devront, autant que possible, entrer dans le peloton en nombre égal.

L'effectif du *Peloton de chanteurs* sera de cent cinquante hommes au moins, de manière à pouvoir réunir d'ordinaire cent vingt exécutants, en tenant compte des indisponibles.

Les airs seront d'abord étudiés et chantés de *pied ferme*. On pourra, dans ces conditions, faire observer les nuances de mesure et d'intensité, qui sont indiquées.

On exercera ensuite le peloton à chanter en marchant. Dans ce cas, les nuances ne pouvant plus être observées, on s'attachera surtout à faire concorder la mesure avec le pas.

Dans les marches, quand le *peloton* sera réuni au centre de la colonne, les chanteurs seront placés sur autant de rangs que la largeur de la route le permettra. On obtiendra d'autant plus d'ensemble que les exécutants seront mieux groupés.

L'émission des notes élevées étant beaucoup moins aisée en plein air que dans un local fermé, on pourra, pendant les marches, baisser certains airs d'un demi-ton et même d'un ton entier, pour obtenir une émission plus facile et moins fatigante.

Abbeville, imp. Briez, C. Pailliart et Retaux.